ちくま文庫

# 世界は一冊の本

definitive edition

長田弘

筑摩書房

# 目次

# 世界は一冊の本　definitive edition

# 誰でもない人

遠くの高い丘の上に
一人の男が立っていた。

通りがかった三人の男が
遠く丘の上の男の姿を見た。

草原をわたってゆく風。
空の青。

一人が言った。
きっと迷った羊を捜してるんだ。
もう一人が言った。
連れにはぐれたにちがいない。
別の一人が言った。
風にあたって涼んでるのさ。
高い丘の上まできて、
三人の男は顔を見合わせた。

男は棒のように立っていた。
三人の男は口々に訊ねた。

羊が迷ったのですか？
いや、羊が迷ったのではない。

連れにはぐれたのですか？
いや、誰にはぐれたのでもない。

涼んでいるのですか？
いや、涼んでいるのでもない。

ではなぜ、そうやって

丘の上に立っているのです?
男は微笑んだ、私は
ただ立っているだけだ。
草原をわたってゆく風。
空の青。

ある人が誰でもない人に訊ねた。
何ぞ虚を貴ぶや?
誰でもない人は微笑んだ。
虚には貴ぶことすらもなし。

# 人生の短さとゆたかさ

いま、ここにいることがきみの罪である。
きみは裁かれるだろう。
アグリッピヌスは、そう言われた。
判決がすぐにでるだろう。
アグリッピヌスが何をしたのか？
何も伝えられていない。

アグリッピヌスとは何者?
じぶん自身以外の何者でもなかった者。
生まれたとき、この世界の隅っこに
小さな肉体を投げだされたにすぎない者。
判決は有罪。きみは追放される。
アグリッピヌスが聞いたのは、だが別の声だ。
おまえはおまえ自身とたたかうがいい。
その声は言った。

そうして、おまえ自身を
自由と慎しみのなかに救うがいい。

では、とアグリッピヌスは言った。
アリキアまで行って食事をしようではないか。

ローマから追放された者が通る
アリキアは、途中の小さな町である。

食事の時間だから、今は食事をしよう。
私は私自身の人生の邪魔をしたくない。

なぜわれわれは、じぶんのでない

人生を忙しく生きなければならないか?
**ゆっくりと生きなくてはいけない。**
空が言った。木が言った。風も言った。

# 立ちどまる

立ちどまる。
足をとめると、
聴こえてくる声がある。
空の色のような声がある。

「木のことば、水のことば、
雲のことばが聴こえますか？
「石のことば、雨のことば、

草のことばを話せますか？

立ちどまらなければ
ゆけない場所がある。
何もないところにしか
見つけられないものがある。

# ことば

草をみれば、
草というだけだ。

ことばは、
表現ではない。

この世の本のなかには
空白のページがある。

何も書かれていない
無名のページ。

春の水辺。夏の道。
秋の雲。冬の木立。

ことばが静かに
そこにひろがっている。
日差しが静かに
そこにひろがっている。

何もない。
何も隠されていない。

# ファーブルさん

I

ファーブルさんは勲章や肩書をきらった、権威も。
ペコペコしたり無理を我慢したりは、真ッ平だった。
シルクハットは、逆さまにして、メボウキを植えた。
それから、一おもいに、足で踏みつぶした。

なくてならないものは、自由と、静かな時間と、
清潔なリンネルのシャツと、ヒースでつくったパイプ。
毎日、青空の下で、おもいきり精神を働かすのだ。
じぶんの人生はじぶんできちんとつかわねばならない。

黒い大きなフェルトの帽子の下に、

しっかりすわった深く澄みきった目。
ファーブルさんは、怠けることを知らなかった。
黙って考え、黙って仕事をし、慎ましやかに生きた。

目を開けて、見るだけでよかった。
耳を澄ませて、聴くだけでよかった。
どこにでもない。この世の目ざましい真実は、
いつでも目のまえの、ありふれた光景のなかにある。

## Ⅱ

目立たない虫、目には見えないような虫、
とるにたらない虫、つまらない虫、
みにくい虫、いやしい虫、くだらない虫。
ファーブルさんは、小さな虫たちを愛した。

生きるように生きる小さな虫たちを愛した。
虫たちは、精一杯、いま、ここを生きて、
力をつくして、じぶんの務めをなしとげる。
じぶんのでない生きかたなんかけっしてしない。

みずからすることをする、ただそれだけだ。

生命というのは、すべて完全無欠だ、
クソムシだろうと、人間だろうと。
世の中に無意味なものは、何一つない。

偉大とされるものが、偉大なのではない。
美しいとされるものが、美しいのではない。
最小ノモノニモ、最大ノ驚異アリ。
ファーブルさんは、小さな虫たちを愛した。

Ⅲ

どんな王宮だって、とファーブルさんはいった。
優美さにおいて精妙さにおいて、一匹の
カタツムリの殻に、建築として到底およばない。
この世のほんとうの巨匠は、人間じゃない。

この地球の上で、とファーブルさんはいった。
人間はまだ、しわくちゃの下書きにすぎない。
われわれ貧しい人間にさずかったもののうちで、
いちばん人間らしいものとは、何だろうか。

「なぜ」という問い、とファーブルさんはいった。

ものの不思議をたずね、辛抱づよく考えぬくこと。
探究は、たくましい頭を必要とする労働だ。
耳で考え、目で考え、足で考え、手で考えるのだ。

理解するとは、とファーブルさんはいった。
はげしい共感によって相手にむすびつくこと。
自然という汲めどつきせぬ一冊の本を読むには、
まず身をかがめなければいけない。

## Ⅳ

狭いほうからしか世界を見ない人たちの、
とげとげしいまるで人を罵るような言葉。
呪文のような用語や七むつかしい言いまわし。
ファーブルさんは、お高い言葉には背をむけた。

言葉は、きめの細かな、単純な言葉がいい。
古い方言や諺や日用品のようによくなじんだ言葉。
すっきり筋のとおったものの言いあらわしかた。
言いたいことを、目に見えるように書くのだ。

いつもクルミの木のちいさな粗末な机で書いた。

「ペンには、釣り針についたエサのように、
血まみれの、魂のきれはしがついている」
いつも血の通った言葉でしか書かなかった。

仕事に疲れた夜は、ベッドで、好きな本を読んだ。
つねに素晴らしい楽しみだったウェルギリウス。
ラブレーは変わらぬ友人だった。ミシュレも。
純真なラ・フォンテーヌの一の弟子だった。

## V

花々のあいだ、青葉のなか、暗い木の枝。
石ころだらけの狭い山道、日に照らされた荒地。
高い草、深い沈黙につつまれた野ッ原。
虫の羽音がさかんに暖かな空気を震わせている。

何一つ、孤立したものはない。
この地上で、生きる理由と究極の目的を
じぶんのうちにしかもたないものなんてない。
ものみな、無限のかかわりを生きているのだ。

有頂天のトカゲ、セミのジージー鳴く声、

飛ぶクモ、コオロギの悲しげな声、笑う北風。
ファーブルさんが語ったのは、新聞の
朝刊がけっして語らないような世界の言葉だ。

死がきて、ファーブルさんのたくましい頭から
最後に、黒いおおきなフェルトの帽子をとった。
そして、二十世紀の戦争の時代がのこった、
ファーブルさんの穏やかな死のあとに。

# なあ、そうだろう

人生を考えて、どうなるものか。
何だろうとくそくらえ、それだけだ。
聞く耳をもたなかった一人の耳に、
穏やかな口調で語られた言葉が、
三十年経って、ようやくとどく。
旧師の葬儀の日。

緑の日々に、大学の教室で、
柔らかに伝えられた厳しい言葉。
わずか二十三歳で死んでいった
ダルムシュタットの詩人の言葉。
いちばんつまらない人間だって
結構、偉大なものさ——
そいつを愛するのにも、人間の
一生じゃとても短すぎる——

死んだ旧師の灰色の目が、じっと
花々の向こうから、こちらを見ていた。
一時間経てば、六十分が消えてゆく。
なあ、そうだろう、きみ?——

# 友人の死

これをしたといえるものはない。
こんなふうに生きちゃいけなかった。
きみはそういって、静かに笑った。
怒りを表にあらわすことをしなかった。
静かな微笑は、けれども、
きみの怒りの表現だったとおもう。

きみが叫ぶのを聞いたことがない。
慎ましさが、きみの悪徳だった。
癒すすべのない病に襲われても
慎ましさを、頑としてまもった。

蝶を愛し、ジャズを愛し、
話すときは、まっすぐ目をみて話した。

何一つ、後に遺すことをしなかった、
心の酸のような、微笑のほかは。

「人間は、一つの死体をかついでいる
小さな魂にすぎない」

さよなら、きみのことを
ほんとうは何も知らなかった。

# 役者の死

板一枚　その下は奈落だ
その板を踏みつづけて　一生だ
役者は　それがすべてである
チェーホフの　ソーニャは言った
「片時も休まずに働いて　そして
素直に　死んでゆきましょうね」

難しい芝居を　何よりきみは
楽しんだ　不条理は　悦びである

他人の人生を　生きる仕事
等身大でしか　やれない稼業

たとえ死んでも　生き返るくらい
きみはできたはずだ　できなかった

# 青函連絡船

函館の灯を見つめ　泣きながら
海峡を渡った　男の手紙

人生は　前後左右
未解決の　血の海なり

云ふべからざる　孤独の感
酒と共に　苦く候ひき

さらば　友の恋歌　矢ぐるまの花
一九〇八年　春　石川啄木
それから　どれだけ　孤独な男が
血の海を渡ったか　泣きながら
八十年の　海峡の物語の終わり
船はもう　港をでない

# 詩人の死

古き良きものをうたわなかった。
不変なるものを信じなかった。
ふりかえることをしなかった。
嘆くことをしなかった。

ソノ然ラザルヲ以テ
ソノ然ルヲ疑ウ。

善い言葉と自由な時間。
それ以上は何ももとめなかった。

何をしたか、ではない。
ひとは何をしなかったか、だ。

生まれて、しばらく生きて、
それから死ぬ。

ただそれだけのあいだを、
上手に過ごすことをしなかった。

——笑って、身を低めていよう。
死ぬときも、さよならをいわなかった。

詩人でなかったら、あなたの
人生はきっと幸福だった。

# 無名の死

空は墜ちてこない。
何もかもがつつましい。
朝がきて、昼がくる。

ひとが一人消える。
一人ぶんの火が燃える。
骨と煙、それだけだ。

ゼロを引いたあとに
何がのこる？
あとに遺された

ありふれた一日。
時計が刻む
いつもの時間。

誰がいなくなったのか。
誰かいなくなったのか。
われわれは誰でもない。

# 父の死

涙も、こぼれなかった。
胸も、痛まなかった。
悲しくさえなかった。
無だ、それだけだった。
死は、無である。
そうとしかいえない、と知った。

よその、知らない家で
よその、一人の男が死んだ。

一人の男が、そうして
この世を去っていった。

他人として生きて
他人として死ぬ。

たぶん、それ以上に
愚直な生きかたはない。

さよなら、知らない
人生を了えた父よ。
あなたは、あなたの
境涯を十分に生きたのだ。

# 母を見送る

静かである。
静かである。
静かである。

花の中の、
小さな顔。
口の紅。

静かである。
静かである。
静かである。

胸の上の、
組みあわされた
頑丈な指。

静かである。
静かである。
静かである。

泣きながら生まれてきて、

黙って死んでゆくのだ。
人は年老いた幼児として。

誰だろうと
われわれは死者の子どもだ。
子どもは母を焼却しなければならない。

静かである。
静かである。
静かである。

さよなら、
おふくろ。

幸福でしたか？

火……
灰……
none……

# 黙せるもののための

あらゆるものが話している。
誰も聞いていない。

意味は言葉を求めているのに、
言葉にもはや意味はない。

ない意味だけがあるのだ。
あるべき意味がない。

われわれはここにいる。
われわれはここにいない。
こころ寒い野に、
黙せるもののための青い竜胆《りんどう》。

# 十二人のスペイン人

## ウナムーノ

スペインの大地は、神の荒れた掌。
その大地に住むのは、国民《ナシオン》でなく、人びと《プエブロ》。
そこで生き、死に、それによって生き、
死ぬところの大地を夢みる人びと。

毎日の挨拶に、¡se vive!
「生きています」とこたえる人びと。
憂い顔の哲学者は、頑固に信じていた。
人間一人は世界全体ほどの価値がある。

「生まれ、生き、そして死ぬ一人一人が
この世を生きぬいたことにより
誇りをもって死んでゆけないようなら、
世界とは、いったい何だろうか?

「哀れなドン・キホーテは、敗れて死んだ。
だが、絶望とたたかう魂を、彼は遺したのだ。
諸君には、ドン・キホーテの笑いが、
神の笑いが聞こえないだろうか?

Miguel de Unamuno y Jugo (1864-1936)

## マチャード

詩は、慎しみぶかく語られねばならない。
詩は、存在を夢みる言葉なのだといった人。

存在するとは、生きることによって学ぶこと。
午後の静けさ、樫の木のうつくしさを愛した人。

ひとはみな本質的に田舎者なのだといった人。
いつでも人間らしい恥じらいをもとめた人。

じぶんで苦しんで働いて、じぶんのナイフでパンを切りわけるひとの、なんとわずかなことか。
なぜ？　どうしてなの？　と子どものように
世界に質問を浴びせつづけなさいといった人。
思索とは、秘められた激怒にほかならない。
教義や儀式を、いかさまを公然とにくんだ人。
思考のギターの低音を掻きならすのは
「しかし」という銀色の言葉なのだといった人。

Antonio Machado y Ruiz（1875–1939）

# ファリャ

余計な音がただの一つもあってはならぬ
だが、不足した音が一つもあってはならぬ
音楽が熱望でなく、祈りでないなら何だろう
音楽家は他の人びとのために働かねばならぬ
マヌエル・デ・ファリャは潔癖だった
マエストロとよばれることをきびしく拒んだ
作品にじぶんの名を付すことさえしなかった

修道僧のように、一人の生涯を端正に生きた
騒音と贅沢と写真と暴力がきらいだった
月と7という数字の魔力を深く信じていた
耳と目と心をおそろしいほど澄ませて生きた
魂に、脂肪の一かけらももたなかった
「じゃ、またすぐに。でなければ、永遠に」
マヌエル・デ・ファリャはそういって死んだ

Manuel de Falla（1876-1946）

## カザルス

最初に発見したのは、音だ。
(旅芸人の鳴らす、塵にまみれた聖なる音)
そのとき、チェロを発見した。
(違う。チェロによって、私は私を発見した)
バッハを発見。
(生きることの、何という絶妙な単純さ！)
音楽を発見した。

（現在を輝やかすのでないなら、音楽は何だ）
そして、良心を発見した。
（結局、良心の基準以上の、何もないのだ）
それから、沈黙を発見した。
（悲しいかな、世界は不正を受けいれている）
チェロが一番響くのは、弦の切れる直前……
最後に死が発見したのは、よく生きた人だった。

Pablo Casals（1876–1973）

## ヒメネス

髭を生やした詩人が、ロバにいった。
雨の中のバラをごらん。バラの中に
もう一つ、水のバラがある。揺すると、
かがやかしい水の花が落ちてくる。

優しい目をした詩人が、ロバにいった。
子どもたちをごらん。鏡のカケラで
日光を集めて、日蔭にもってこようとしている。
信じていい。一日は単純で、そして美しい。

いつでも喪服を着ていた詩人が、ロバにいった。
人びとをごらん。人生の表と裏を眺めながら
ときどき心の暗がりに、苦しい思い出を捨てて、
みんな勇気をもって、年老いてゆく。

しっとりと、おだやかに、地球はまわる。
アンダルシアの詩人は、ロバにいった。
ごらん。青空のほかに、神はない。
この世に足りないものなんて、何もないのだ。

Juan Ramón Jiménez（1881-1958）

# ピカソ

なぜ芸術を、人は理解したがるのか
夜を、花を、すべてのものを
理解する代わりに、人は愛するのに

頭蓋骨のうつくしさを見たまえ
そこにはつねに指の痕がある
それを仕上げた、神々の指紋だ

パブロ・ピカソはいった
客観的真実なんてものはないのだ

ただ具体的事実があるのだよ
神々がつくり、ひとが発見する
パブロ・ピカソはいった
発見したものに、私は署名しただけだ

Pablo Picasso（1881–1973）

## オルテガ

致命的で、とりかえしがつかない。
そんなものは何一つないと信じている。

人が生きるために理由を必要とせず、
ただ口実だけを必要としている時代。

何でもできるが、何をすべきかわからない。
不まじめと冗談だけが取り柄の時代。

凡庸な何たる時代と、天を仰いで、

ホセ・オルテガ・イ・ガセットは嘆いた。
不可能なものはなく、危険なものはないと
全能ぶっても、その日暮らしの、われわれの時代。
——ねえ、世界って何なの？
下らんことで縁まで一杯の、とても大きなものだよ。

José Ortega y Gasset（1883–1955）

# セゴビア

もし、愛する人に捨てられて
友人に悲しみを訴えたいなら、チェロで
その友人に裏切られたなら、オルガンで
神さまにその苦しみを訴えなさい
けれども、ほんとうに愛する人がいるなら
あなたはギターの言葉で語らなければなりません

ギターを弾く人は、歎いてはいけません
遠くへゆきたくないなら、ギターは捨てなさい
どんなに幸福にめぐまれた土地であっても

ギターを愛するのなら、その街を離れなさい
ギターを弾く人は、旅しなければなりません
地球の円みを踏みしめて旅しなければなりません

ギターを弾く人は、泣いてはいけません
けれども、泣くような思いをしなければなりません
魂にかたちがあるなら、ギターの形をしています
「ギターを弾く人は」アンドレス・セゴビアはいった
「愛する楽器のために生きて、旅しつづけて、
そして死ななければなりません」

Andrés Segovia（1893-1987）

## ミロ

美しいのは、テーブルの上の
赤い染み、青い染み、黒い染み。
錆びた鉄片、汚れたボール紙。
古い自動車のナンバー・プレート。
日常の、無数のちいさな事物。
世界のあるがままのものすべて。

純粋なままのまなざし。
根元的なまなざし。
絵を画くとは、とジョアン・ミロはいった。

自由のために何かすること。
私は純粋さにちかづきたい。
そして、人びとを動揺させたい。

美しいのは、飛んでいる鳥。
目と口のある、生きている木。
昆虫、髪の毛、性器、太陽。
星くずのように散らばった絵具。
家や市場や友だちのあいだで
毎日交わしあうカタルーニャの言葉。

Joan Miró（1893–1983）

## ガルシア・ロルカ

緑の風　緑の雨　緑の枝々
緑の影　緑の鏡　緑のバルコニー
黄色の塔　黄色い牛
白い家々　白い悲鳴　静寂の白さ
白いギター　白い百合
アンダルシーアの　薄紅色の空気
灰色のなみだ　風の灰色の腕
灰色の肌　灰色をした無限
スミレ色の声　空色の舌
黒い鳩　黒い馬　黒い虹　黒い悲しみ

黒い月　黒い音　黒い髪の娘たち
赤い月　赤い絹
青い月　青い水　青い闇
青い巴旦杏の　三つの実
フェデリーコ・ガルシア・ロルカの
十二色の色鉛筆で　書かれた
血の言葉　木の言葉　無言の言葉
銀色の心臓　銀色のねむり
金色の丘　金色の野　金色の川
金色の乳房　金色の震え

Federico García Lorca（1898-1936）

## ドゥルティ

革の帽子　ベルトつきの革の上着　麻の靴
いつも床で眠り　拳銃を手放さなかった
夜は　幼い娘のオムツを替え　料理をした
朝になれば　拳銃を手に　街へ出ていった
学校をつくるために　銀行に押し入った
新聞をだすために　輪転機を奪い取った
諸君　革命だ　日常生活は革命される！

頭のてっぺんから爪先まで　率直だった

「ぼくらは廃墟を怖れない　地球を継承する」
地上のあらゆる権力を　仮借なくにくんだ男だ

背後から撃たれて死んだ　のこされたのは
拳銃と　穴のあいた靴と　伝説だけ

ブエナベントゥラ・ドゥルティという男がいた
むかし　バルセロナが革命の街だったとき

Buenaventura Durruti（1896–1936）

## フェレル

フランシスコ・フェレルのつくった学校は小さかった。
褒賞、懲罰、教義、試験、短気、怒りは不要。
楽しみを犠牲にしない。考えることを学ぶこと。
経験し、愛し、感動したことを実行すること。
自然の法則を知ること。男女の共同作業を学ぶこと。
私たちは、宇宙の小さな物体の上に、
とるにたらない点のようなものの上に住んでいるのだから、

私たちは、じぶんたちで手に入れられることを
他人にもとめて、時間を空費しようとおもわない。

大空に、四方八方開けた静かな展望台、それが学校だ。
日々、感受性に生気をみなぎらせる、それが教育だ。

一人前になること。そして、一人前になるとは
不正に反対することをみずから宣言できるようになること。

フランシスコ・フェレルのつくった学校は大きかった。

Francisco Ferrer Guardia（1859–1909）

# 嘘でしょう、イソップさん

†

原因があって結果がある
というのは真実ではない。
事実はちがう。

はじめに結果がある。
それから、気づかなかった
原因にはじめて気づく。

ものごとの事実に対し
ものごとの真実は、
いつでも一歩遅れている。

†

ただ悦びでありえたものが、
ただ悲しみでしかなくなってしまう。

ゆたかな時代こそ、じつは
まずしいなんて信じられるか？

富める時代は悲しい。
懐疑が悦びでありえない。

†

言いあらそっても、はじまらない。
口をつぐんで、済むことでもない。

気にくわない、頭にくる、じゃない。
対立する、好きだきらいだ、そんなじゃない。

相違はただ一つ、もとめる幸福がちがう。
あるいは、幸福の概念がちがう。

†

ありうべき最良の状態をのぞんで
物事をかんがえているかぎり、
きみはいつも正しい。

きみはいつも正しい。
それが間違いだとおもわぬかぎり、
きみはいつも間違う。

ありうべき最良の状態をのぞんで
物事をかんがえているかぎり、
きみはいつも間違う。

†

ほんとうは、したいことがあるのだ。
仮りの姿で、暮らしているのだ。
建てまえがあって、本音があるのだ。

だが、ほんとうはしたいことがない。
借り着姿で、暮らしているのだ。
建てまえがあって、本音がないのだ。

自明性の領域に暮らして、
自罰性の領域をもたない。
ほんとうは、それが本当なだけである。

†

知っている。しかし、読んだことはない。
知っている。しかし、聴いたことはない。
知っている。しかし、使ったことはない。

知っている。ただ、経験がないだけ。
知っている。ただ、知っているだけ。
知っている。ただ、知らないだけだ。

何でも知っていて、何も知らない。
何てザマだなんて、かんがえない。
何を知らないか、何も知らないのだ。

†

何にでもなることができる
なりたいとおもうものに何にでも
何にでもなることができる
何になりたいということがないので
何にでもなることができる
みずから何であることもできないので
何にもならない
何にでもなることができても

†

考えることが快楽でない人は
考えに考えることをよしと考えない。
考えることが快楽でない人は
ためらわない。すぐに性根を問題にする。
考えることが快楽でない人は
精神の字に必ず（こころ）とルビを振る。
考えることが快楽でない人は
考えない。考えさせない。疑わない。

†

もう欲しいものはないのだ。
いらないものしか欲しくないのだ。

それがゆたかさだと、きみたちはいう。
きみたちはまちがっている。

ゆたかさは、私有とちがう。
むしろ、けっして私有できないものだ。

私有できないゆたかなものを
われわれは、どれだけもっているか?

†

力ずくで、ただ無理じいすること、ではない。
強制は、

国中の人間の半分を馬鹿にし、
残りの半分を偽善者にしてしまうことである。

トマス・ジェファーソンの
辞書によれば。

†

「ある国民がみずからの法に注ぎ、
みずからの法を貫くための支えとする
愛情の力は、その法を得るために
費やされた努力と労苦のおおきさに比例する」

では、誰が、みずからの法にたいする
愛情の力を、みずから深く恃《たの》んでいるのか?

みずからの法をみずから得るために、
戦争し、敗戦をなめたのでなかった国では?
だが、戦争し、敗戦をなめなければ、

# みずからの法を得ることはなかった国では？

（括弧内イェーリング）

†

鬼車、
鬼を載す。
なんの及ぶところぞ。
風邪がはやっている。
気をつけろ。
時代は、寒い。

うっかり風邪を
こじらすと、
魂まで、やられる。

†

幽霊は幽霊のようでしかない。
まだそうだとおもっているか?

ところが、それはそうではない。
幽霊はもう幽霊のようではない。

仕事だって仕事のようではない。
悲哀だって悲哀のようではない。

大事なものが大事なものでない。
きみの国のようではない、きみの国も。

†

まずしい世には綴られてきた。
文学の言葉は、偽悪の言葉で。
思想の言葉は、偽善の言葉で。

ゆたかな世には綴られるのだ。
偽善の言葉で、文学の言葉が。
偽悪の言葉で、思想の言葉が。

いつの世にも忘れられるもの。
ゆたかさによって測れぬもの。
まずしさによって犯せぬもの。

†

おなじ人間がちがう言葉で
話しているのか?
ちがう人間がおなじ言葉で
話しているのか?
ちがう人間がちがう言葉で
話しているのか?

おなじ人間がおなじ言葉で
話しているのだ。
嘘の言葉を、おなじ言葉で。

†

そうすべきだと言いきる断言は
正しいとおもえば、いつでも正しい。
誤ることなどありえないという
正しい理由をいつでももっているのだ。

だが、すべきでないことはしないことを択べ、
すべきこととすべきでないことのあいだでは。

そうすべきでない不正な行為も、
正しいとおもえば、いつでも正しい。
誤ることなどありえないという

正しい理由をいつでももっているのだ。

†

口に出して言ってみるまでは、
そうだとじぶんでもおもっていない。
口に出して言ってみたばかりに、
その言葉をじぶんで追いかけるのだ。

人間はうつくしいと言って、
その言葉を追いかけているひと。
何事も信じるに足らないと言って、
その言葉を追いかけているひと。

†

言葉に害のない言葉はない。
言質をあたえない言葉なんてない。
純粋な言葉だけの言葉はない。
思いあがるのが、ひとの悪い性癖だ。
思うまま言葉を走らすことはできない。
いつだって言葉がひとを走らせるのだ。

†

気をつけたほうがいいのだ、
何事もきっぱりと語るひとには。

です。であります。なのであります。
語尾ばかりをきっぱりと言い切り、

本当は何も語ろうとしていない。
ひとは何をきっぱりと語れるのか?

語るべきことをもつひとは、言葉を
探しながら、むしろためらいつつ語る。

†

目をのぞきこまなければ。
ふるまいをみつめなければ。
じかに沈黙にむきあわなければ。

疲労をあじわわなければ。
匂いと味と色と響きを知らなければ。
五感を正しくつかわなければ。

統計はかならずしも正確ではない。
多数がじつは少数であり、そうして
少数が多数であることもありうるのだ。

## † 安吾 I

あたりまえの言葉で
大概のことは言いあらわせるはずですよ。

日常生活の言葉で
思想が語れないとおもいますか?
それだけの言葉でまにあわない
深遠なものが何かあるのですか?

† 安吾 Ⅱ

美しくみせるための
一行があってもならぬ。

書く必要のあること、
ただ必要、一も二も百も。

切なくて本気のものですよ。
言葉は直にそれだけです。

†

腹の足しにもならない。
嘘だ、それが
芸術だ、なんて言い草は。

芸術とは、腹一杯
おなじ釜のメシを食うことである。
死者と、席を共にして。

†

子どもは誰と？　男は誰と？
女は誰と、老人たちは？
敵は誰と？　味方は誰と？
友人と？　友人って誰だ？
誰と？　それだ、歴史を
つくるのは、いつもその問い。
すなわち、ひとは
誰と食事を共にするか？

†

理想にもっとも似ていないのが理想。
希望に似ていない希望のための、
飢えに似ていない飢えのための、
家族に似ていない家族のための、
平凡さに似ていない平凡さのための、
誰にも賞められないもののための、
すこしも愛に似ていない愛のための、
闘いに似ていない闘い。

†

しなければならないことを
敢えてする。
勇気だって、それが？
まさか。
しなければならないことなど
何もない。
にもかかわらず、敢えてする。
何を、それがすべてだ。

†

堪忍のふくろを
首にぶらさげて、
破れたら縫え。
破れたら縫え。

にしても、である。
けれども、である。
人生、誤謬も
また真なり、だ。

憤怒のふくろを

首にぶらさげて、
繕ってもも破る。
繕っても破る。

†

肺はきれいか?
息を切らしてないか?
頭はどうだ?

空の下に屋根、
屋根の下に机、
手を働かせているか?

心が渇いてないか?
近くに林はあるか?
夜、星をみているか?

†

口は黙っていても、
手の動きはそれを裏切るだろう。
言葉じゃない。はじめに手と足。
二本の手と二本の足にまなべ。
足が歩いたところを、
頭はかんがえなければならない。

†

毎日、滅茶苦茶だったけどネ、
ちっとも退屈しなかったヨ。

忙しいばっかりだったけどネ、
ハテ、何に忙しかったのやら。

後生大事なものなんてないサ。
悲しまぬことを覚えるこッた。

死んだ祖母の口ぐせだった。
裸にて生まれてきたに何不足。

# †　伊曾保物語　I

五体六根、某日、腹をそねんで申けるに、
我等面々、幼少よりその営みをなす。
然るに件の腹は一切、何もなす事なくて

あまつさへ我等を召使ふ業をなんしける。
言語道断、奇ッ怪の次第なり。
今より以後、けしてかの腹に従ふべからず。

かくして何事もせず、日数経にけるほどに
何かはよかるべき、五体六根
迷惑し、困窮し、終には、草臥《くたびれ》きはまる。

† 伊曾保物語 Ⅱ

土器、某日、果報を慢じて申けるに、
もとは田夫野人の踏物たりし土なれども、
我は賤しきものの住み家に居たる事なし。

何人かと問はれれば、我は是、帝王の盃なり。
夕立、聞きて申けるは、御辺は土器に異ならず
さても人もなげに慢じたまふものかな。

云ひ捨てて、夕立、身をふるはせければ、
一天、俄かにかきくもり、かみなり騒いで、
かの土器を降りつぶしければ、野辺の土。

# 五右衛門

京でお尋ね者　伏見でお尋ね者
堺でお尋ね者　大坂でお尋ね者
石川五右衛門　その名も高い大泥棒

夜がきて丑満時がきて　朝がくる
物持ちたちが青ざめる　蔵は空っぽで
門のまえには　死体がごろごろ転がっていた

五右衛門のしわざだ　人びとは口々に言った
奪うものを奪って　風の噂しかのこさなかった
石川五右衛門　その名も高い大泥棒

ない所には何もない　ある所にはきっとある
闇を駆け　月明りをぬけ　影のように走った
ある日悪運がつきた　一網打尽つかまった

掟きびしい　太閤の世の中
天下をとった男は　従わぬ者を許さない
その名も高い大泥棒は　うそぶいた

大泥棒は太閤秀吉　天下を盗んだ

善いこと一つしなかったが　おれは
人びとの浮世の夢は　盗まなかった

石川五右衛門　ならびに一族郎党
町中引きまわし　三条河原にて仕置
ぐらぐら油を焼きたてて　地獄の釜ゆで

ぐらぐらぐらぐら　ぐらぐらぐらぐら
絶景かな塵世の眺め　価千金
千日鬘の大泥棒は言いのこして　息絶えた

よく晴れた　暑い夏の日だった
伝説のほか　骨一本のこさなかった

石川や　浜の真砂は尽くるとも
世のあるかぎり　盗っ人のたねは尽くまじ
五百年　いつの世の人もわすれなかった
石川五右衛門　その名も高い大泥棒

# 世界は一冊の本

本を読もう。
もっと本を読もう。
もっともっと本を読もう。

書かれた文字だけが本ではない。
日の光り、星の瞬き、鳥の声、
川の音だって、本なのだ。

ブナの林の静けさも、
ハナミズキの白い花々も、
おおきな孤独なケヤキの木も、本だ。

本でないものはない。
世界というのは開かれた本で、
その本は見えない言葉で書かれている。

ウルムチ、メッシナ、トンブクトゥ、
地図のうえの一点でしかない
遙かな国々の遙かな街々も、本だ。

そこに住む人びとの本が、街だ。

自由な雑踏が、本だ。
夜の窓の明かりの一つ一つが、本だ。

シカゴの先物市場の数字も、本だ。
ネフド砂漠の砂あらしも、本だ。
マヤの雨の神の閉じた二つの眼も、本だ。

人生という本を、人は胸に抱いている。
一個の人間は一冊の本なのだ。
記憶をなくした老人の表情も、本だ。

草原、雲、そして風。
黙って死んでゆくガゼルもヌーも、本だ。

権威をもたない尊厳が、すべてだ。
２００億光年のなかの小さな星。
どんなことでもない。生きるとは、
考えることが、できる、ということだ。

本を読もう。
もっと本を読もう。
もっともっと本を読もう。

## おぼえがき

『世界は一冊の本 definitive edition』は、初版の晶文社版（一九九四年）を元本に、新たに「青函連絡船」一篇をくわえ、収載順を一部替えて、全体を編修し、定本としたものである。この際、集中の詩四篇の題名をそれぞれ、「なあ、そうだろう」「無名の死」「母を見送る」「黙せるもののための」とあらためた。

「誰でもない人」の挿話は小林勝人訳注『列子』、入矢義高『求道と悦楽』によっている。「人生の短さとゆたかさ」の挿話はエピクテートス『人生談義』（鹿野治助訳）によっている。「ファーブルさん」はファーブル『昆虫記』（山田吉彦・林達夫訳）、ルグロ『ファーブル伝』（平岡昇・野沢協訳）に基づく。

「なあ、そうだろう」のダルムシュタットの詩人はゲオルク・ビューヒナー。『ゲオルク・ビューヒナー全集（全一巻）』（手塚富雄・千田是也・岩淵達治監修）による。「友人の死」の引用はマルクス・アウレリウス『自省録』（神谷美恵子訳）より。「役者の死」の引用はチェーホフ『ワーニャ伯父さん』（神西清訳）より。

「なあ、そうだろう」は早稲田独文での旧師だった故中村英雄（八八年没）の思い出。「友人の死」と「役者の死」は、わたしと同じ年の生まれだったが、思いがけず早くに逝ってしまったすぐれた二人の俳優、故岸田森（八二年没）、故草野大悟（九一年没）への追悼として書かれた。

「青函連絡船」は、青森と函館を結んだ旧国鉄の鉄道連絡船。一九〇八年に運航開始、石川啄木は最初の年に青函連絡船で津軽海峡を渡っている。石川啄木全集・書簡による。一九八八年、青函トンネルによるJR津軽海峡線の開通により廃止された。「詩人の死」の詩人は『シベリヤ物語』『鶴』の作家で『デルスー・ウザーラ』の訳者だった、函館生まれの故長谷川四郎（八七年没）。晶文社の社主だった故中村勝哉も函館生まれ（〇五年没）。その不慮の死に、「無名の死」一篇を供えたい。

「父の死」は、家を離れて新しい家族のもとで亡くなった父（八九年没）への別れとして書かれた。「母を見送る」は、わたしの家で日々を共にし永眠した母（九三年没）への別れとして書かれた。

人の生き方、人のことばの生き方を感じ考える場所に、黙って立ちつくして心すませ、聴こえない声に耳かたむける。そうした思いの方法にわたしがつよくみちびかれたのは、一九三〇年代の終わりにヨーロッパの端で起きたスペイン市民戦争がそれからの世界に遺した経験の切実さを尋ねて、沈黙の国だったフランコ独裁下のスペインを車で旅してのことだった。「十二人のスペイン人」が、スペイン市民戦争の時代をよく生きた、十二人のスペイン人の密やかな紙碑であればとねがう。

**ウナムーノ**　バスクの人。二十世紀スペインを代表する文人思想家。一九三六年、市民戦争勃発後、共和国スペインに対するフランコの反乱をきびしく批判、幽閉のうちに死んだ。『生の悲劇的感情』（神吉敬三・佐々木孝訳）による。**マチャード**　カスティーリャの詩人。透徹した詩精神を生涯につらぬき、一九三九年、共和国スペインの崩壊とともに出国、直後に死んだ。マチャード『ファン・デ・マイレナ』（ベン・ベリット訳、カリフォルニア大学出版部）、エントラルゴ『スペイン一八九八年の世代』（森西路代・村山光子・佐々木孝訳）による。**ファリャ**　アンダルシーアの人。『三角帽子』『恋は魔術師』『スペインの庭の夜』などを遺した近代音楽の巨星。市民戦争後に出国し、帰国しなかった。アルゼンチンで客死。興津憲作『ファリャ（生涯と作品）』ほかによる。**カザルス**　カタルーニャの生んだ二十世紀のもっとも偉大なチェリスト。市民戦争後のフランコのスペインを、生涯認めなかった。コレドール『カザルスとの対話』（佐藤良雄訳）による。**ヒメネス**　アンダルシーアの詩人。その『プラテーロとわたし』（伊藤武好・伊藤百合子訳／長南実訳）はいまも世界で愛されている。市民戦争後に出国し、帰国しなかった。プエルトリコで客死。一九五六年ノーベル賞受賞。**ピカソ**　世紀の天オとしかいえない。市民戦争後のフランコのスペインを、生涯認めなかった。バージャー『ピカソ／その成功と失敗』（奥村三舟訳）による。**オルテガ**　二十世紀の大衆の時代の到来を刻した『大衆の反逆』はよく知られる。『沈黙と隠喩（傍観者）』（西澤龍生訳）による。**セゴビア**　アンダルシーアの人。二十世紀のギター復興をみちびいたクラシック・ギターの巨匠。『セゴビア自伝（わが青春の日々）』（真鍋理一郎訳）による。**ミロ**　市民戦争のとき描いた「スペインを援けよ」というポスターはあまりにも有名。一九七五年のフランコの死ののちスペインは開かれ、いまはバルセロナのランブラス大通りの舗道に、ミロのつくった美しい舗石がのこされている。ライヤール『ミロとの対話』（朝吹由紀子訳）による。**ガルシア・ロルカ**　アンダルシーアの生んだ伝説の詩人劇作家。一九三六年、市民戦争勃発直後、反乱軍によって銃殺された。『フェデリーコ・ガルシア・ロルカ（全三巻）』（荒井正道ほか訳）による。**ドゥルティ**　革命家。二十世紀スペインのアナキズムを象徴する。市民戦争で共和国スペインのために戦って殺された。いまはバルセロナをのぞむ丘に新しい墓がある。H・M・エンツェンスベルガー『スペインの短い夏』（野村修訳）による。**フェレル**　自由思想家。一九〇一年バルセロナに「近代学校」を創立（一九〇六年閉鎖させられた）。一九〇九年、スペインのモロッコ戦争に反対して起きた暴動で逮捕され、銃殺。死後、再審で無実。その「近代学校」の理念は後のフリースクールの理念の源泉と目される。『近代学校』（遠藤斌訳）

による。

「嘘でしょう、イソップさん」のうち、安吾Ⅰ、Ⅱは坂口安吾の文章に、伊曾保物語Ⅰ、Ⅱは『伊曾保物語（古活字本）』（大塚光信校注）に基づく。

『世界は一冊の本　definitive edition』がこうして上梓されるのは、みすず書房の尾方邦雄さんの心馳せによる。初志をのこすカバーの文字は平野甲賀さん。なによりこの一冊に新しい血を通わせてくれた方々に感謝する。

わたしにとって、詩は賦である。生きられた人生の、書かれざる哲学を書くこと。賦は「対象に対して詩的表現をもってこれを描写し、はたらきかけるもので、そのことがまた、そのまま言霊的なはたらきをよび起すという古代の言語観にもとづくものである。その表現の方法を賦といい、そのような表現方法による文辞を賦という」（白川静『字統』）。

世界は一冊の本である。どんなに古い真実も、つねにいちばん新しい真実でありうる。それが、一冊の本にほかならないこの世界のひそめるいちばん慕わしい秘密だと、わたしには思われるのだ。

（二〇一〇年　卯月）

# 解説

岡崎　武志

長田弘さんは青春期から長らく敬愛する文筆家の一人だったから、突然の訃報には驚いた。二〇一五年五月三日、享年七十五はまだ早い気がした。しかし著作一覧を見ると、詩集、児童書・絵本、翻訳、評論と質量ともに大きな足跡を遺された。そこに不足はなく、後進はただ、黙って長田さんの本を読めばいいという気がした。

私の場合、まずなんといっても中公新書から出た『私の二十世紀書店』（一九八二／のち増補されてみすず書房）の衝撃があった。二十世紀を生きた人々を、書かれた本から起ちあがらせる。すべて困難かつ苦しい時代を生き延びた（あるいは自殺した）人たちの肖像は、九十三章からなる短文ながら、中身がつまっていて読み応えがあった。二十代だった私は、この本で多くの人を知り、古本屋巡りをする際の海図ともなった。

最初からそういう本が選ばれているから当然なのだが、二十世紀の百年を、世界各国に散らばる人たちのことにより叙述し、それがすべて日本語による翻訳で読めるのもすごい。八〇年代までの日本の出版文化の充実には驚くべきものがあった。あちこち線を引き、付箋を貼りまくった一冊が四十余年を経てまだ手元に残されている。イェーツ、マヤコフスキー、アイザック・B・シンガー、アラゴン、エセーニン、カルヴィーノ、ヴィアンなどの作家や詩人をこれで知った。リンゲルナッツの詩と生き方にしびれ、これは板倉鞆音《ともね》の訳でなくちゃだめだと思ったものだった。プレヴェールなら小笠原豊樹だ、とか翻訳者を選んで本を読む習慣がついたのもこの本からだった。

中公新書版帯には「一冊の本は自ら語るものを語って、自ら負う同時代の言葉を語る」と、担当編集者の手によるものだろうか、卓抜な解説がある。まさに生きた人々を一冊の本として認識する。そこから世界をのぞき見する。これは、多くの読書論を世に送った長田弘さんの根本的な姿勢であった気がするし、大いに啓発された。デジタル優勢にあっても、読書とは紙の束たる一冊の本とパーソナルな自己が向き合うこと。そこから一歩も抜け出す気配がないのは、長田さんの著作を愛読した功徳だと思っている。

ちくま文庫に今回収録された詩集『世界は一冊の本』は著者「おぼえがき」にあるように、初版の晶文社版に一編を加え、みすず書房から新装版が出た。思えば長田さんの詩集は、初期こそ現代詩プロパーの思潮社を版元としていたが、以後多くは晶文社、みすず書房から出ている。詩壇から少し離れたところで活動されてきた。言語の前衛的な実験道場のような「現代詩」やつれをせず、自分の手の平でつかめる範囲のことを、誰もが使うような平明な言葉を使って詩を書く。そこで名詩集『深呼吸の必要』ほかを多くの読者へ届けてきたのである。長田弘の存在が、詩をずいぶん明るく、風通しのよい広々とした世界へ連れ出してくれた。八百屋でキャベツの重さを計って買うような人が、夕食後にくつろいで読める詩集というのは、ほかにそうそうないと私は思う。

『世界は一冊の本』は、私が愛読した『私の二十世紀書店』の詩集版、といった側面がある。「おぼえがき」で明かされているが、ファーブル『昆虫記』といった自明の出典以外にも、「なあ、そうだろう」のビューヒナー、「友人の死」のマルクス・アウレリウス『自省録』、「役者の死」のチェーホフ『ワーニャ伯父さん』など、詩の向こうにたくさんの作家や本が隠れている。表題作以外でも「世界は一冊の本」だと言えそうだ。たいていの詩集が、方々の雑誌や媒体に発表されたものを寄せ集めて編集されるのに対し、本書は明確なテーマ（「世界は一冊の本」）のもと、統御され、一本の矢が放たれたように進んでいく。

また、前述のごとく、先人たちに寄せて書かれた詩がほとんどだ。日本の近現代詩は、萩原朔太郎、中原中也など、個人の内面や心象風景を描くことに費やされた。孤独や絶望を謳うには適した表現方法として詩は発達し、ストレートに読者に食い込んでいったが、同時に暗く淋しい作品は、中高年になると触れなくなる。日本の詩が「青春」のはしかのように読まれ、年経るとやがて離れていくのは、そうしたことにも原因はあるだろう。社会へ出て、家庭を持つと、自分のことばかりにかかずりあっているわけにはいかなくなる。

『世界は一冊の本』は違う。他者を描く。あるいは他者によりそう。「ファーブルさん」はその代表。生涯を昆虫とともに生き、観察と記録（『昆虫記』）に費やしたアンリ・ファーブルのことを作品化している。「なくてならないものは、自由と、静かな時間と、／清潔なリンネルのシャツと、ヒースでつくったパイプ。／毎日、青空の下で、おもいきり精神を働かすのだ。／じぶんの人生はじぶんできちんとつかわねばならない。」と「I」の第二連にある。ファーブルの生活信条と思想を伝えながら、作者の思いも同化し、詩的空間を作り上げる。他者は自己にとどまらず、世界とのつながりを紐づけてくれる。長田さんの詩はつねに世界へと開かれ、普遍を呼び込む力がある。それもあくまで平易な表現で。「どこにでもない。この世の目ざましい真実は、／いつでも目のまえの、ありふれた光景のなかにある。」（「I」）のメッセージは、ファーブルに仮託されながら作者から発信されていることがわかるだろう。

この一冊を通読して気づくのは、否定形がひんぱんに使われていることだ。「ことばは、／表現ではない。」「何も書かれていない／無名のページ。」（「ことば」）「何一つ、孤立したものはない。／この地上で、生きる理由と究極の目的を／じぶんのうちにしかもたないものなんてない。」（「ファーブルさん」）

死」）

「古き良きものをうたわなかった。／不変なるものを信じなかった。」「ふりかえることをしなかった。／嘆くことをしなかった。」（「詩人の死」）

これはほんの一例。否定形はネガティブなイメージがあるかもしれないが、そうではない。否定と拒否は、その人の立ち位置を明確に示す。「何をしたか、ではない。／ひとは何をしなかったか、だ。」（「詩人の死」）に書かれている通りだろう。「がんばって生きて」「夢はかなう」「一歩ずつ歩こう」など、世にあふれかえった安易な肯定形は、耳ざわりこそやさしいものの宙に浮いたまま霧散してしまう。否定形は強い調子でわれわれを立ち止まらせる。そして真実に肉迫していく。否定形は内面に打ち込む杭だ。

最後に置かれた表題作「世界は一冊の本」は、長田弘さんが書き続けた詩や評論の集大成ともいえる。いい詩だ。「人生という本を、人は胸に抱いている。／一個の人間は一冊の本なのだ。」は、若き日に『私の二十世紀書店』を愛読した私には、このことがよく分かる。その人間が生きた証しが一冊の本となり、次世代に松明《たいまつ》のように受け継がれる。この世に起こるもっとも感動的なできごとの一つで、そのことに気づかせてくれたのも長田弘さんだった。「本を読もう。／もっと本を読もう。／もっともっと本を読もう。」という感動的な一節は、誰の胸にも深くこだまするはずだ。

この詩一編を、全国の学校図書館の入口に掲げてほしい。本に親しみ、やがて夢中になる子どもたちの護符となるであろう。

最後に一つ。私は生前の長田さんとお目にかかっている。NHKラジオの読書について語る番組でご一緒したのだった。長田さんの『読書からはじまる』（NHKライブラリー、現ちくま文庫）出版に合わせた企画だとしたら二〇〇一年のことだ。憧れの先輩に会えて、言葉を交わすことができて私は幸せだった。収録を終え、渋谷区神南の放送センターから渋谷駅へ向かうタクシーに同乗させてもらった時のこと。後ろ座席に並んで腰かけ、私は思い切って長田さんに質問した。「いい本を書くにはどういう心構えが必要でしょうか」。乱暴で大ざっぱな質問だったが、しばらく考えたのち、長田さんはこうおっしゃった。

「まず、正直に書くこと。あとは丁寧に書くことじゃないかな」

その教えを守れたかどうか自信はないが、心に温かなものが流れたことは覚えている。まるで長田弘さんの詩みたいだった。

（おかざき・たけし　ライター）

本書は『世界は一冊の本』として一九九四年に晶文社より、『世界は一冊の本　definitive edition』として二〇一〇年にみすず書房より刊行されました。

ちくま文庫

世《せ》界《かい》は一冊《いっさつ》の本《ほん》——definitive edition

二〇二五年五月十日　第一刷発行

著　者　長田弘（おさだ・ひろし）
発行者　増田健史
発行所　株式会社　筑摩書房
東京都台東区蔵前二—五—三　〒一一一—八七五五
電話番号　〇三—五六八七—二六〇一（代表）
装幀者　安野光雅
印刷所　星野精版印刷株式会社
製本所　株式会社積信堂


ISBN978-4-480-44036-5 C0192